TTS文庫

弘の涙

能登鉄太郎

東京図書出版

目次

弘の涙

山田弘は、茨城県の常陸太田の大自然に囲まれた田園地帯に、貧しい小作人の一人息子として、この世に生を受けた。それは昭和三年の寒波激しい冬の日だった。

弘は貧弱な子供だった。しかし両親は、いつまでも、か細い小作人としてではなく、弘法様の様に偉い人になるのだと、「弘」と言う名を息子につけた。ただ弘を産んだ後、母親はもう子供を作れない身体になっていた。

ところで、弘は尋常小学校に入学したのだが、一年生の時の通信簿は、全て「可」という成績で、勉強も体操も何もできなかった。弘に期待していた両親は、絶望したが、将来の担い手だからと、何とか自分を納得させる様にした。

しかし、弘の父親の治は肺結核を患い、弘が十一歳の年、あっけなく死去した。冬の日だった。母親のきみは、治の死を嘆き、またご飯が食べられない、と号泣して泣き悲しんだ。

それから、弘の異変が始まった。

弁当の量が乏しくなり、学校で飼われていた鶏の卵を盗む弘の姿は、気の触れた様であった。級友達はみんな、弘を仲間外れにし、みんなで弘を罵った。

「泥棒、馬鹿、阿呆、気持ちが悪い、死ね」

その様な時、担任の若く二十代の清楚な晶子先生は、愛を持って弘に接し、

「弘君、そういうことはしてはいけませんよ、先生のお弁当を分けてあげるから」

と言い、弘も涙ながら分かったようであった。

一方、弘の母親のきみは、弘が尋常小学校を卒業したら、早々に百姓の仕事をさせるんだ、と思い、それまでは死んだ治の仕事量までこなし、何とか稼ぐ様にしていた。

ところが、晶子先生の愛によっても、弘はまた鶏卵を盗み出した。級友のいじめはひどくなった。

みんながみんなでまた、

「死ね、馬鹿、阿呆、泥棒、気狂い、黴菌、気持ち悪い、オエッ、死ね」

それにとどまらず、級友達は、弘が座ろうとする椅子を転倒させ、弘が

すっ転ぶのを見て男子も女子も喜んだ。

弘は、

「なめんじゃねぇべよ、なめんじゃねぇべよ」

と言い、男子児童に体当たりするが、貧弱な身体の弘では、却ってはね倒された。


そして狂った様になった弘は、鶏一羽を持ち出し、生きたまま食べ殺した。

最後には、弘は、家にあった出刃包丁を持ち出し、

「なめんじゃねぇべよ、なめんじゃねぇべよ」

と、級友達に包丁を向け、完全に発狂していた。

包丁は、他の組の担任で、柔道の覚えがある男の先生が、弘から取り上げ、幸い怪我人は出さなかった。

これには、晶子先生も驚いた。級友の父親で、巡査をなさっておられる方に「弘は危ない、危険だ」と言いつけ、弘は警察の御厄介になる事となり、東京にある医療少年院に、収監される事にあいなった。

東京行きは厳寒の下、山田弘十二歳、見送りとして母親のきみと晶子先生が来て、特に母親のきみは泣きじゃくり、

「元気でいるのよ」

と言って常陸太田の水郡線の汽車の中に巡査二名と共にいる弘を励ました。車中で、きみと晶子先生が作ってくれたおにぎりを、美味しそうに、弘は食べた。

昭和十五年の寒い冬の日であった。

これ以前の日本の状況は、昭和六年九月、支那支配が着々と進み、昭和七年上海事変が起き、その年の三月愛新覚羅溥儀が形式上の皇帝に担ぎだされ、満州国が設立された。

そして、この一連の出来事によって昭和八年、日本は、国際連盟を脱退し

た。

そして、満州では、昭和十二年七月七日、盧溝橋事件が勃発した。中国国民政府は、蒋介石を先頭に日本軍の侵攻に抗する事を表明したとされている。また、ナチス独逸軍によるアウシュビッツと並べられると言う人もいる、関東軍による南京大虐殺も、この頃あったとされている。

そして、昭和十五年九月、日独伊三国同盟が締結された。

＊＊＊

話は変わって、山田弘が生まれた年を遡る事十三年の大正五年、大正デモクラシーが盛んで、自由な雰囲気の中の春のうららかな日、石川県金沢では、能登鉄太郎が、広大な土地の地主の家の長男として、産湯を使った。産婆さんは、

「きっと賢くて丈夫な子になりますよ！」

と鉄太郎の両親に太鼓判を押した。

そして、鉄太郎は産婆さんの言う様に、健やかで、ご飯をよく食べ丈夫な子に育ち、尋常小学校では、常に通信簿で全て「優」を貰って来る出来た児童であった。中学校でも全て「優」であり、第四高等学校でも、知育にも優れ、好青年で、大変優秀で全て「優」の成績であった。

ところで、鉄太郎の御爺さんは東京帝国大学法学部の出身で、広大な土地の地主で土地を管理していた。そしてまた、鉄太郎の父親も東京帝国大学法学部出身であり、「これで、鉄太郎の東京帝国大学合格も決まりだな」と、一家総出で、御爺さん御婆さん父親母親、弟二人妹二人とで、みんなで喜んでいた。

ところが、東京帝国大学受験の年の秋、鉄太郎が勉強の息抜きに、春本を見て自慰行為をしている所を、母親伸子に見つかる事となり、鉄太郎は慌てふためき顔色を悪くし、非常に落ち込みしょげきった。さらに、父親の一彦は、

「けしからん。色づきやがって、嫌らしい。だらーが！」

と、鉄太郎に追い打ちをかける様に、面罵し説教したが、鉄太郎としては、驚愕しきりで、第四高等学校に不登校になり、御飯も受け付けなくなり弱って行った。傍らにいた弟妹達は、困惑し非常に心配した。

そこで、祖父幸吉の取り成しがあり、ここは、鉄太郎も若い青年期によくあることだ、と言い、第四高等学校の担任の先生ともよく話し合い、東京帝国大学の受験はいっぺん諦め浪人する事とし、第四高等学校は、とりあえず卒業だけはした。

その後、祖父幸吉の勧めで、浪人中は、厳しくも寂しいものだからと、鉄太郎は、地元の青年山岳部に入った。また「長い人生、何も東京帝国大学だけが全てではない」と、幸吉は深い愛で、一家を取り成した。

しかし、一度弱った鉄太郎は青年山岳部でも、常に足手まといで、縦走すればするで、いつも遅れをとり、隊長やみんなに手助けしてもらっていた。

そんなふうな恥ずかしい鉄太郎だったが、同じ青年山岳部にいた、東初美さんと言う清楚で美しい女学校の生徒に心惹かれ、

「一緒に兼六園に遊びに行くませんか？」

と、勇気を出して言った。

「いこいね」

と、鉄太郎の事情等を知っていた初美さんは、親切に優しい言葉を返した。

ところが、その良い返事で家に帰ると興奮状態に陥り、家にある大切な大皿や小皿を割るわ、自分の五月人形も叩き壊すわ、完全な錯乱状態になった。最後には、納戸に立てこもり、登山ナイフを持って、壁に向かって突き刺していた。

それを見つけた、母親の伸子は、

「危ない、危険だ！」

と言い、ナイフを取り上げようとした。しかし、それが裏目に出て、鉄太郎は少なくとも単に壁に向かってだけナイフを突き刺していたのに、伸子に

取り上げられそうになって、母伸子の右手人差し指の第二関節まで傷つける重傷を、引き起こした。

父親の一彦は、そのナイフを見て、

「殺すなら、殺せ！」

と言った。興奮していた鉄太郎だが、さすがに鉄太郎もそれは出来ずに、登山ナイフを壁に刺して、自分の右小指に軽傷を負った。

やがて、救急と警察が来る様になり、鉄太郎は、石川県警で取り調べを受け、発狂状態にありと、東京の医療少年院に入るのが妥当と言う見解で、列車に巡査二名と共に、金沢を後にした。

昭和八年の事であった。そして、能登鉄太郎十八歳になる年で、春の木の芽時であった。

さてその後、日本では、昭和十一年二月、東京において、「二・二六事件」と呼ばれる陸軍青年将校等の政府への反乱事件が起きた。そして、この事件により岡田内閣が総辞職し、広田内閣が成立するが、陸軍の圧力により、国防の充実が強く成される事となり、段々と戦争への道が開く様になったとされている。

そして、昭和十二年になると、近衛文麿の内閣となり、国民にも人気が高く、国民は近衛内閣に期待したとされている。

だが、この年、先述した様に、七月、盧溝橋付近で突然起きた銃撃事件により、日本と中国との戦争が勃発した。

天皇陛下は、事態が広がる事を御心配になったが、近衛内閣は、軍部の強い圧力により兵隊を続々と送り、戦争は激しいものとなった。

そして、「贅沢は敵だ」とし、十三年には、「国家総動員法」が制定された。

そしてまた「日ソ中立条約」が十六年にモスクワで調印されたが、その年枢軸国の独逸がソ連に侵攻し、これで日独伊ソ対、米英の構図は破られたと言われている。そして、世界は二分され、枢軸国と連合国との戦いとなった。

ところで、天皇陛下は、国際関係を重視されていて、平和への御意向があられた、と言われている。ところが、近衛内閣が総辞職し、陸軍大将東條英機内閣が出来て、軍国国家への道をさらに進み始めた。

そして、太平洋戦争の口火として、アメリカを攻撃し始め、ハワイ真珠湾電撃攻撃を成功させ、次々と戦火を交えた。

始めこそ連戦連勝であったが、昭和十七年ミッドウェー海戦に大敗し、制空権を握ったアメリカが、昭和十七年、日本本土を空襲し、連合艦隊山本五十六大将のソロモン諸島ブーゲンビル島上空においての戦死の情報も流れ、国民は大きな衝撃を受けたとされている。

昭和十八年、戦局は激しくなり、明治神宮外苑で、若い命を国の為に捧げる学徒出陣壮行が開かれるまでとなった。

＊　＊　＊

時代が大きくうねる中、山田弘と能登鉄太郎は、どうしていたのだろう。医療少年院に入った山田弘と能登鉄太郎の二人は、治療として、水責めや、その他様々な治療が施されていたが、まだ完全に狂ったままで、攻撃性おびただしかった。

他にも同類の猛者達がいたが、弘や鉄太郎ほどではなかった。

ところで、大人の精神障害者が入る医療刑務所には、様々な者達がいた。

赤紙が嫌で、山梨の山小屋に逃げていた赤田清は、刑務所に入れられ、狂った。戸田健は、早稲田大学の理工学部修士上がりなので、自惚れて自分は偉い、他の野郎とは自分は違うのだ、と。そして、一切の仕事をせず、被害妄想があり、住んでいた街で、近所の住人を殺して刑務所に入り、さらに狂い、ここに来た。小口潔の場合は、熱心な基督教信者で、この戦争で頭がおかしくなって自分の家を焼き、刑務所に入り、さらに狂いに狂って医療刑務所に来た。また、中口洋は共産党員で、治安維持法に背いた罪で、刑務所に入り狂って来た。やくざの木沢修二は、大井組の総長以下三名を殺せば三好組の総長として迎える、とそそのかされ、人殺しをした。はめられた様なので、拘置所で死刑を待っていたが、気が触れて医療刑務所に収監されていた。

医療刑務所には、医療少年院より狂った獰猛な連中が大勢いた。

そんな中、食糧事情が厳しいため、自給自足で、軽度の患者が医療刑務所では甘藷作りをしていて、飢えをしのいでいた。また医療刑務所でも、軽度の患者が、病院敷地内で甘藷を作り飢えをしのいでいた。

ところが、日本の戦局は、日に日に厳しいものとなり、昭和十九年、日本は、神風特攻隊、また、人間魚雷回天も出撃する様になっていた。


そして、所変わって、陸軍中野学校では、田口曹長が、ある知らせを、部下のまだ二十代の伊東陸軍伍長から聞いた。

「調べによるところ、医療少年院や医療刑務所には、それぞれ精神を病み治らない攻撃性の高い囚人がいると。この時局にそいつ等をうまく活用出来るかも知れません」

それで、田口曹長は、思いついた。

「朝鮮人は軍属として日本軍と一緒に戦闘し、また、鉱山労働者として使えるが……」

その精神病者の囚人の中の、役に立たない者は、射殺して、役に立つ者だけを選別し、果敢な攻撃隊にするべきだ。陸軍中野学校での取り決めが始まった。

まず、医療刑務所では、兵役拒否の赤田清を、こいつは愚にもつかない者だとして射殺し、早稲田大学の修士上がりの戸田健も役に立たないだろうと、中口洋は非国民だと射殺した。

小口潔は、狂っている様だが何かの足しになるだろう、と兵役に就かせた。やくざの木沢修二も、前線に送られる事となった。

そして、また、精神病者数十名の囚人達で、極度に攻撃性のある者、また、小口潔と木沢修二を含めて合計二十名は、兵役に就く事にあいなった。

医療少年院では、山田弘と能登鉄太郎二名が採用され、他の数十名の者達は役に立たないと、酷くも射殺された。

昭和十九年、アメリカ軍の日本への、本土空襲につぐ空襲で、日本の敗戦ムードの高まっている年であった。

＊＊＊

昭和二十年春、関東軍は満州南京において、いっぺんは占領したものの、また両軍譲らない攻防戦が始まり、中国国民政府軍と死闘を繰り広げていた。

また、太平洋上で、日本海軍がアメリカに次々破れ、本土決戦も辞せぬという状況となり、日本は追い詰められていた。

「ここは、我々関東軍の踏ん張る所だ！」

と、一個小隊の六十代の指揮官、陸軍少将水上時左衛門は、余す力の限りを振り絞るかの様に、生き残った部下三十名に訓示した。

ところで、山田弘や能登鉄太郎、また医療刑務所の囚人達は、その頃どうしていただろう。

東京芝浦埠頭から、伊東伍長を含め二十三名は貨物船で何とか無事に海を渡り、関東軍水上時左衛門少将の部隊に合流した。

少将水上時左衛門は、これが聞きしに勝る、言わば気狂い隊で正式名称「暁隊」だな、と思い、二十二名のひとりひとりを見て回った。

暁隊と共に来た陸軍中野学校の陸軍伍長の伊東良太郎は、

「皆、もう殺人やら、問題を起こした者だらけです。ですが、取り扱いによっては、良い材料になります」

と、水上少将に報告した。

「そうだな。それぞれの面構えが普通の兵士とは違うな」

「少将殿、少し提案があります。第一班十名と、第二班十名、そして少し若い二人を第三班に分けて、突撃させたらよいと思うのですが」

「はーん。そうか、この二人が若い者だな。歳は幾つだ？」

「はっ、十七歳と三十歳の者であります。二十名の猛者共を先に出撃させ、敵を徹底的に叩き、その後、この若い者を出撃させるのが、肝要と存じ上げます」

陸軍伍長伊東良太郎は、少将にそう提案した。

「分かった。その線で行くか」


その日は、敵との戦闘も無く、各自点呼の後、皆休んだ。

ところが翌朝、暁隊二十二名のうち一名、金子隆がいない事が判明した。

正規軍が、伊東伍長も含めて三十二名で調べると、営倉から西方一キロメートルの地点にある、中国人家屋に逃げ延びていた。

敵前逃亡は重大な罪であり、金子隆は部隊まで連行され、

「この前線の重大事において、敵を目の前にして、敵前逃亡の罪がどれ程の罪なのか、軍法会議にかけることまでもない」

と、兵士皆のいる前で水上少将の熱弁の後、蛭間憲兵兵長が、これみよがしに、金子隆を銃殺した。

これには、狂っている暁隊の連中もさすがに怯んだ。

その日の夕刻、小隊の正規軍の兵士が現地で調達した豚と酒を皆にふるまい、一個小隊の皆は、前線にいることをしばし忘れた。

春のうららかな日だった。

また、兵隊達は、付近にある慰安所、朝鮮人慰安婦二名の処に行き、皆夢見心地であった。だが、頭は狂っているかも知れないが、まだ僅かに良心と善良さを保っている基督教徒の小口潔だけは、慰安所に行かなかった。

伍長の伊東は、山田弘と能登鉄太郎に、

「お前等、童貞だろ？　行く所に行って来い！」

と、情けをかけた。

「はっ」

山田弘も能登鉄太郎も、そういう所があるのは、狂った頭でも薄々分かっていたので、行くことにした。


「あら、随分とお若い兵隊さん達ねぇ。どうしたの？　恥ずかしがらないで、こっちに来なさいよ」

二名の朝鮮人慰安婦に誘われるまま、弘と鉄太郎は、別々の部屋に入った。

日本名金城久子と言う四十歳くらいの女性に、鉄太郎は世話になる事となり、

「あんた、そんなに緊張しちゃって、もしかしてその歳で童貞さんなの？お姉さんが教えてあげるからね。ちゃんとするの！　イルボン・チョッパリ！」

事終わり小休止した頃、慰安婦は、鉄太郎に、

「この戦争、あんたどう思う？　あんた等、アメリカさんまで怒らしたあるね。ただで済まないあるよ。あんた等もここ満州とあんた等が呼ぶ大地で、中国と戦うのね。せいぜい頑張りなさい。うちは、中国の味方でも日本の味方でもないあるね」

「有り難うございました」

と、初体験の能登鉄太郎二等兵三十歳は挨拶した。

その頃山田弘二等兵十七歳も、年の頃は三十歳くらいの慰安婦さんの、日

本名金村富子の言われるままになって、事をした。

弘の初体験であった。

弘はうれしくなって、はしゃいで、置いてあった酒を飲み、

「ありがとうだっぺ」

と慰安婦さんに言い、部隊に帰った。

＊＊＊

「パンパンパン、パン、パーン、ト、ト、トト、ト、パーン」

深夜午前三時過ぎ、関東軍一個小隊五十三名が、満足そうに寝入っている時、中国国民政府軍が夜戦を仕掛けてきた。

不意だったので、関東軍は慌てふためいたが、正規軍が手榴弾を何個か投げると、国民政府軍も大人しくなった。

水上少将は、伍長の伊東を呼び、

「このような時、暁隊は、どうなのかね？」

「いえ、暁隊も猫ではありません。夜には使えません」


正規軍がまた手榴弾を何個か投げ、国民政府軍を黙らせた。


戦闘が取りあえず終わった頃、まだ三十代の南上等兵が、

「敵さん、昨日の俺達の部隊の事、知っちょったか？　まさか、慰安婦が敵さん中国国民政府軍と共謀しちょっ訳か？」

南と同じ三十代の児島上等兵に尋ねると、

「その可能性もある。朝鮮人は、屈辱的な日々だからな。日本は日韓併合し、朝鮮を支配下に置き、日本名を強要し、日本語を教え、日常生活において日本語で話させ、軍属もあるし、きつくて危険な鉱山労働者に駆り立てている事もある。そして、従軍慰安婦だ。朝鮮人は日本を相当恨んでいるよ」

「そうじゃな」

「今日の夜戦はひとまず終結。壕に入って少し仮眠をとろう」


翌日昼過ぎ、蛭間憲兵兵長が、部隊に、昨日の慰安婦の二名を連行して来た。

「水上少将、白状しました。従軍慰安婦が中国国民政府軍と共謀していたと」

「なにっ？」

と、水上少将は唸った。

従軍慰安婦の日本名金城久子は、

「何なのよ！　あんた等が、うち等の故郷を占領して、あたし達に日本名を付けさせ、日本語教育をさせ、旦那は鉱山労働、息子はあんた等の国の軍属で、日本の罪作りな戦争に駆り出され、あたし達は、ここで何百という兵隊の相手をさせられて、梅毒で死んだ娘もあるよ。それで、あんた等日本兵を恨んでいけないあるの？　あたし等に何の罪があるの？　何が大東亜共栄圏よ、日本軍の横暴がまかり通っているだけよ！」

と、吐き捨てるように皆の前で言った。

もう一人の慰安婦金村富子は、

「あたい等、いつ死んでもいいあるよ。殺すなら殺してみなさいよ。末代まで恨んでやるからね」

水上少将は、

「仕方があるまい。けりをつけよう。こいつ等も敵だ、しめしがつかない。

やむを得ない。これ以上部隊に危害が及んではならない。銃殺だ」

「アイゴー、アイゴー！」

二人の慰安婦は、泣き叫ぶが、蛭間憲兵兵長に銃殺された。

慰安婦は、頭を撃たれ、せめてもの温情で即死であった。

辺りには血のにおいが漂った。

山田と能登は、あまり事態が分からず、とろんとした目でその場を見ていた。


その日、二名の従軍慰安婦の処刑の後、水上少将の下、児島上等兵と南上等兵が斥候として、放たれた。

二人は部隊に戻り、

「市街地西二キロメートルに、国民政府軍約七十名規模を見つけました。その他、他にも点在している様です」

児島と南は共に報告した。

水上少将は唸った。

「暁隊も御国のため玉砕なら、我々も玉砕だ。せめて御国の御為に我等の命を差し出し、皆、靖国で会おうではないか」

「小口潔！　貴様、そこで何を戯言を言っているのだ？」

と、蛭間憲兵兵長が、小口潔の不審な言動を見て、怒鳴った。小口は神に向かって、祈りを捧げていたのであった。

「隣人愛、汝自身の敵を愛せ、右の頬を打たれたら、左の頬を差し出せ。あなたは殺してはならない。あなたは姦淫してはならない。あなたは盗んではならない。あなたは隣人について偽証してはならない。あなたは隣人の家をむさぼってはならない。隣人の妻、しもべ、はしため、牛、ろば、またすべて隣人のものをむさぼってはならない。アーメン」

「此の戦の時に及んで、何をぬけぬけとぬかしやがる。もう、戦の時だ！」

伊東伍長もそう怒鳴り、小口潔に、竹槍と銃を持たせた。その他、第一班の残りの九名にも同じ様に竹槍と銃を渡した。

「さあ、行くぞ！」

一個小隊五十三名は、皆、敵陣に向かって歩き始めた。

「パパーン、パパーン、パン、パン、パン」

突如、左後方から、国民政府軍が襲撃し始めた。

「おんどりゃ、彼奴等従軍慰安婦が垂れ込んでいたな！」

と、部隊の誰かが怒鳴った。

「暁隊第一班突撃！」

暁隊は、竹槍と銃を持ち、敵、国民政府軍に向かってなだれこんでいった。

「行け！　突撃だ！　暁隊に続け！　突撃だ！」

戦いは、午後二時半から四時半まで続いた。

暁隊一班は、壊滅し、正規軍と暁隊二班と山田弘と能登鉄太郎は、どうにか守られた。

中でも、小口潔は、茫然と立ちすくんでいるだけで、何もしなかった。そして、敵の弾を受けて死んだ。そして、国民政府軍も相当打撃を受けた様であった。

部隊は、露営地を市街から離れた石段のある場所に作り、一夜を休む事にした。

深夜、児島上等兵は、同じ天幕で横に休んでいる南上等兵に話しかけた。

「南、お前、出身は薩摩だったよな？」

「そうじゃ。薩摩男児は九州男児ん中でも強かじゃ。西郷どんもいた。ところで、児島、わい、東京出身じゃな？」

「そうだ。府立第三高女で漢文の教鞭を執っていた。ところで、敵さんの中国とは、遣隋使、遣唐使、また鑑真和尚と言う僧もおられた。また、江戸時代には鎖国はしていたものの、教育として、儒学、朱子学と、良い交流、良い時代があった。また朝鮮とも百済の時代など、共に仲の良い平和な時代もそれぞれあったのだ」

「何故こんな事になった？　それにおい達何でこんな目にあっている？」

「南、分からぬ。明治維新以来の富国強兵、そして、西欧列強に倣い植民地支配であるとか、また、第一次世界大戦に因るものであるとか、ありとあらゆる解釈が出来ようが、時と言うものもあるであろう。そして、我々の役目と言うものもあるだろう。今は、敵さんの中国とも、殺るか殺られるか、俺達は瀬戸際だ。御国のために玉砕せねばならぬ事もあるだろう。疎開させた娘、東京に残した女房もいるが、致し方ない。時が悪いのだ」

「児島、わいにも、女房に娘がおっとな！　うちんところにも女房と娘がおる。これで、今、戦で死ねるか？」

「天命だとか、言うものじゃないか？　仕方がない。覚悟を決めるしかない。南、お前に会えて俺は嬉しかった。靖国で会おう」
そして、二人はその日の戦闘もあって疲れて休んだ。

この春を遡る事少し前、昭和二十年三月十日、B29が東京を大空襲、三月十四日大阪を空襲、三月十七日神戸を空襲、そして三月十八日鹿児島空襲。水上少将は、大本営からの知らせを聞いたが部隊の兵士達には知らせなかった。士気低下、萎縮を防ぐ為であった。無論、哀しいかな、児島上等兵にも南上等兵にも知らされなかった。

その翌日、また児島と南は水上少将の下、斥候として放たれた。

「敵は、今のところ見当たりません。昨日の戦闘で、少し怯んだのかもしれません。その代わり、ここから南東三キロ地点に大きな河を見つけました」

それに対して水上少将は、

「ふーむ。今日は、水の補給と洗濯といくか！　ただし、昨日で懲りているから、見張りの兵はきちんとせよ！」

「はっ、我々が、警護いたします」

と児島と南は言った。


その日は何も起こらず、平穏な日であった。

そして、生き残った部隊四十四名は、河の岸の砦に陣を張りその日の露営地にした。


深夜、ごつごつとした硬い岩場に薄い寝袋に収まりながら、児島上等兵が、南上等兵に、また話しかけた。

「南、非国民な事を言う様だが、この戦争どうなると思う？」

「アメリカだよ、アメリカ！　真珠湾の電撃戦は成功したかも知れんが、ミッドウェー海戦で大敗し、また山本五十六大将も戦死。それから小耳にはさんだが、アメリカは日本の十倍以上の軍事力があっちゅうじゃろせんか！」

「そうだな、それは俺も聞いている。それに同盟国ドイツもソ連侵攻でやきもきしているというじゃないか。俺達も満州で中国国民政府軍に手を焼いている。いつになったら、かたがつくか、玉砕かだよ」

「堪まらんな」

と、南上等兵が児島上等兵に言った。

「おっと、兵士は一兵たりとも欲しい今の我々だが、蛭間憲兵兵長に俺等の話が漏れたら、処刑はなくとも軍法会議ものかも知れない」

「なにっ、児島、わい、神経質になっているぞ、おかしいぞ！　もう、今日は寝る」

「そうか、俺もおかしくなっているか……。早く休まねば」

＊　＊　＊

翌日、また児島上等兵と南上等兵が、斥候として放たれ、北西五キロメートル地点に、国民政府軍約百数十名がいる事が分かった。

水上少将は、

「これが、最後の戦いになるかも知れぬ。皆用心して勇気を持ってかかれ。これも日本国御国への御奉公の為だ。我々に神風がある事を信じ、戦うのだ」

と、訓示を垂れ、皆戦闘態勢に入り、暁隊二班十名と山田弘と能登鉄太郎二名に竹槍と銃が渡された。

そして、午前十時頃、中国国民政府軍も気づいて、市街北西二キロの地点で、両軍は睨み合う事となった。

「行け、暁隊二班、そして三班、援護するから行け！　突撃しろ！」

水上少将が力を振り絞って意気を上げた。

「ワー、セー！」

暁隊十二名は突撃して行った。

暁隊二班十名は、皆犬死にしたが、ある一定の戦力になった。

能登鉄太郎は、果敢にも敵の銃弾を受けつつも、竹槍で敵の兵一名を殺した上、

「天皇陛下万ざーい！」

と、叫び死んだ。

山田弘は、銃を撃つも空砲なのに気づき、ようやく正気に戻った。自分等気狂いの暁隊が「弾除け」として利用されているのを、弘法大師様のように悟った。

「気狂いは、嫌だ！　戦争も嫌だ！　おかあちゃーん！　晶子先生！」

その時、砂塵が吹いた。

「それっー、皆の者、暁隊に続けぇ！」

この物語は、フィクションであり、登場人物や団体名は、全て架空のものです。

ただ、今は亡き戦時体験者の父親に、私が三十歳の時、真偽の程は分かりませんが、精神障害者が戦時中、交戦中の弾除けになったと、聞き及んでいます。

また、昨今問題になっている従軍慰安婦の方々の事は、学生時代、ゼミでそういった事もあったと学びました。

参考文献　ユーキャン『昭和と戦争』了承済み

初稿　二〇一三年八月
二稿　二〇一五年三月
完稿　二〇一九年四月

砂上の楼閣

狭い門からはいれ、滅びたる門は大きく、その道は広い。そして、そこからはいって行く者が多い。命にいたる門は狭く、その道は細い。そして、それを見いだす者が少ない。

にせ預言者を警戒せよ、彼らは、羊の衣を着てあなたがたのところに来るが、その内側は強欲なおおかみである。あなたがたは、その実によって彼らを見わけるであろう。茨からぶどうを、あざみからいちじくを集める者があろうか。そのように、すべて良い木は良い実を結び、悪い木は悪い実を結ぶ。良い木が悪い実をならせることはできないし、悪い木が良い実をならせることはできない。良い実を結ばない木はことごとく切られて、火の中に投げ込まれる。このように、あなたがたはその実によって彼らを見わけるのである。わたしにむかって「主よ、主よ」と言うものが、みな天国にはいるのではなく、ただ、天にいますわが父の御旨を行う者だけが、はいるのである。その日には、多くの者が、わたしにむかって「主よ、主よ、わたしたちはあなたの名によって預言したではありませんか。また、あなたの名によって悪霊を追い出し、あなたの名によって多くの力あるわざを行ったではありませんか」と言うであろう。そのとき、わたしは彼らにはっきり、こう言おう、「あなたがたを全く知らない。不法を働く者どもよ、行ってしまえ」。

それで、わたしのこれらの言葉を聞いて行うものを、岩の上に自分の家を建てた賢い人に比べることができよう。雨が降り、洪水が押し寄せ、風が吹いてその家に打ちつけても、倒れることはない。岩を土台にとしているからである。また、わたしのこれらの言葉を聞いても行わない者を、砂の上に自分の家を建てた愚かな人に比べることができよう。雨が降り、洪水が押し寄せ、風が吹いてその家に打ちつけると、倒れてしまう。そしてその倒れ方はひどいのである。

『新約聖書』「マタイによる福音書」第七章

「お父さん、お父さん、お空がとってもきれいだよ！　お空の写真とってよ」

と、父親和彦と、まだ幼く垢に染まっていない幼児の鉄太郎は、自宅のある茨城県日立市の隣にある小高い山に登り遊びに来ていた。五月晴れで、雲ひとつ無い澄み切った空が、とても青くそしてきれいなので、和彦が持って来たカメラで、空の写真を撮ってもらおうとせがんでいたのだ。

まだ、三十歳少しの若い父親は、

「鉄太郎、このカメラのフィルムは白黒でね、お空はね、白になって、写らないんだよ」

と、鉄太郎に説明して、ファインダー越しに空を見せるが、鉄太郎はまだ三歳で、理解出来なかった。

「なんで？　お空は青色でしょ？」

その後、間もなくして、鉄太郎には、弟鉄次郎が出来た。鉄太郎は、母親が弟の育児に手がかかるので、父親の実家、東京都杉並区西荻窪の、官吏で定年退職してもまだ仕事をし続ける祖父と祖母の家に、預けられることとなった。

鉄太郎は能登家の長男である父親の長男として、それはそれは大切に大事に育てられた。毎日がパーティーで、沢山のお菓子や玩具を買い与えられ、たいへん気を良くして明るく元気に祖父母と遊んでいた。

そして、母親の実家も東京にあり、東京信濃町にある母親の実家にも、よく遊びに連れて行ってもらった。

母方の祖父は御能の先生で華やかな家で、その家では、初孫と言う事で、また仰天するくらいのお菓子と玩具を買って貰い、これまた毎日がパーティーだった。

殊に、鉄太郎の母方の祖母には猫かわいがりされ、お菓子や玩具だけではなく、お金を沢山貰い、今度は、パーティーだけではなく、毎日がお正月であった。

父方の祖父母、能登家に預けられていた鉄太郎は、

「ほら、もうじきお母さんが、迎えにやって来るよ！」

と、お爺さんに言われ、わくわくどきどきしていた。

母親が、鉄太郎の弟の産後の育児にひと段落して、鉄太郎を迎えに来る日がやって来たのであった。

「ほら、鉄太郎！　お母さんが迎えに来るから、髪の毛を切り、頭を洗ってきれいにしないと！」

と、お爺さんお婆さんに言われ、床屋に行き髪の毛を切ってもらい、頭をきれいに洗ってもらったのであった。

「ほら、今夜来るかな？　あの東京瓦斯のガス燈のある、バスの停留所まで行ってみよう」

鉄太郎とお爺さんは、二人で、夜、ガス燈が点く時間に、バスの停留所まで歩いて行った。

「明日かな？」

と、お爺さんが鉄太郎に話しかけると、まだ何の世俗の垢にも染まってお

らず、ただただ純真で素直な幼児の鉄太郎は、

「うん、明日かな？」

と、頷いた。


そして、西荻窪の父方の祖父母の家に、母親が迎えに来て、鉄太郎は茨城県の日立市の自宅に帰って行った。

そして、東京の西荻窪、信濃町での、華やかで毎日がパーティーで正月であった生活とは雲泥の差の、貧しい社宅での、父母弟と鉄太郎との四人家族で暮らし始める事となった。

その後、鉄太郎も幼稚園に通うようになった。幼稚園での鉄太郎の性格は明るく活発であった。

幼稚園が終わり、自宅の社宅に帰ると、絵ばかり描いていた。そして、その絵を、母親伸子に褒められ、毎日絵を描いていた。

「鉄太郎、あなたは、絵が上手だから、将来は絵描きさんね！」

と、伸子は嬉々として自分の子を可愛がり褒めた。

そして、近所に住む幼稚園の友達とも、東京で祖父母に買い与えられた沢山の玩具で遊び楽しい時間を過ごした。また、母方の祖母に貰ったお小遣い、お金を持って駄菓子屋に行きその友達に駄菓子を奢っていた。そして皆喜んでいた。鉄太郎自身も喜んでいた。

しかし、その楽しい時間も、一寸した事で、友達と喧嘩別れになり、「絶交だ」と三人の友達から言われ、鉄太郎はしょげきった。

そして、小遣いで、元友達をお金で釣り、

「お菓子を買うから遊んでよ」

と、駄菓子屋に行き色々と買い食いをした。

しかし、お婆さんに貰った小遣いも、使っているうちに、乏しくなり、最後は尽きた。

そして、鉄太郎は母親伸子から、まだ愛情を注がれているから大丈夫だろうと、何気なく母親の財布からお金を持ち出した。また元友達を、お金で釣って駄菓子を買い、遊んでもらっていたのだ。

それに気づいた伸子は、

「お金が欲しかったら、ちゃんと言ってね！　鉄太郎」

と、優しく愛情をこめて言った。

しかし、お金の魅惑、お金の魔力に憑りつかれた鉄太郎は、母親の財布から勝手にお金を盗む習慣ができあがっていた。

すると、母親伸子は、驚愕して、

「家の中に泥棒がいる！　鉄太郎に悪魔が憑いた！」

と、嘆き哀しみ、鬼の様に怒り、恐ろしい鬼か般若の形相になり、とうとう鉄太郎に手をあげ暴力を振るい折檻し始めた。

しかし、それでもなお、鉄太郎はお金の魅惑に憑りつかれ、完全に盗癖の習慣がついていた。

東京での夢のような、毎日がパーティーで麗しかった日々が忘れえず、貧しい社宅での生活が寂しかった様だ。

そして、母親の伸子は、そんな悪童の鉄太郎に苦しみぬき、怒りに身を任せ、半狂乱になり暴力を振るい折檻した。

そして、しごきが始まり、鉄太郎が好きで描いていた絵もさせなくなり、

「悪い子は絵画教室には通わせない。ピアノを習いなさい！」

と、情操を養うはずのピアノの学習なのに、教条主義的な躾けが始まり、また半ば罰としての教育が始まった。


そして、次は地元の公立の小学校に幼稚園の皆は通うのに、鉄太郎は、母親伸子の学歴偏重主義を引いて、教育費だけは捻出し、日立から水戸に電車

で通わなくてはならない私立の小学校に強制的に入学させられた。

小学校の入学式の日、日立のバス停で、幼稚園で一緒だったみんなが地元の小学校に行くのに、その傍らで、みんなとは違うと、鉄太郎はコンプレックスや後ろめたさを、逆に覚えた。

水戸の小学校に通うようにはなったが、もうクラスのみんなと自分は違う、変だ、お母さんのお財布からお金を盗んだ悪い子供で愛を受けられないのだ、と、コンプレックスの塊で、勉強も集中できず、また内向的な性格が形成されており、友達も出来なかった。

更には、通信簿は、オール3で、勉強も体育も出来ず、みな普通で、優れた所がなかった。

そして、その通信簿を見て、母親は、また怒って怖い顔になった。

「あんたは、話によると給食を食べるのだけ一番早くて、あとは、何も出来ないのね！」

と、怖い顔をした上、鉄太郎に失意した。

そんな、勉強も体育も出来ず、また友達も出来ない鉄太郎は、寂しいのか、また母親の財布からお金を盗み、日立の駅から社宅まで帰る途中、テレビ番組のヒーローの写真やお菓子を、駄菓子屋で買い、お菓子を食べながら、バスではなく徒歩で帰って行った。

しかしそれは、常に母親に見つかり、発狂するのではないか、というまで殴られ、折檻に遭った。
また、朝、登校時には、しばしば電車の定期券を忘れ、日立の駅から、走って社宅に戻り、定期を取って学校に行くことがあり、そういう直ぐ忘れ物はする、手癖が悪い鉄太郎には、どこも褒める所がなかった。勉強も出来ない、体育も出来ない、友達も出来ない。何をとっても駄目であった。

しかし、小学校三年の秋の運動会の五十メートル競走で、彼は毎日のように社宅まで歩いたり走ったりして鍛えられた足で、クラスの勉強も出来て体育も出来る優等生やなにかを負かせて、二着だが表彰された。鉄太郎がクラスで二番目に走るのが速いとなり、そんな彼を、クラスのみんなは、拍手喝采してくれ祝福してくれた。唯一無二の鉄太郎の嬉しかった小学校での出来事であった。

その時は、父方の祖父母も、遠路はるばる東京から水戸に来てくれていて、「良くやった。鉄太郎！」とお爺さんに言われ、千円札の入った小銭入れを貰い、観戦していた父親母親弟と喜び合い、鉄太郎にとっても大満足の運動会であった。

そんな鉄太郎にも、友達が徐々に出来てきて、また馬鹿なコミカルな振りで、彼は、クラスメイトを笑わせ、面白がらせていた。

しかし、母親伸子の東京信濃町の父親母親、鉄太郎の祖父母が相次いで病死し、母親伸子の学歴偏重主義の方針と、残された広い家を継ぐ為に、父親和彦を日立市に残し、伸子と弟鉄次郎と共に小学校六年で上京する事となった。

鉄太郎は、日立の社宅から水戸まで雨の日も風の日も通った小学校を転校

する事となり、ひどく寂しかった。そしてクラスメイトにお別れの挨拶を言う時になり、

「みんなも元気で！　僕も頑張ります」

と、教壇の前で、拙い挨拶をして涙が出そうになるのを必死に堪えてやっと言った。

クラスの男子生徒達はみんな、鉄太郎が小学校の最後の日に、彼が電車通学であったため、水戸の駅まで付いて来てくれた。駅員のおじさんも気を利かせて、みんなをただで駅に入れてくれ、みんなとお別れをした。

「鉄太郎、元気で頑張れよな！」

「おう、みんなも元気でな！」


日立に父親を残して東京に出て来ると、伸子の学歴偏重教育が段々とエス

カレートして、有無を言わせず、先ず、中学受験をする為の勉強をさせられた。

東京の小学校では、ある一定数中学受験の為に勉強する子供もいたが、まだクラスに馴染んでいない鉄太郎は、みんなと違う、と後ろめたさを感じ、中学受験をする気がなかった。そして、さらに、いつの時代どこの世界にもあるいじめを、一寸したきっかけからクラスの男子みんなから受け、無視され白眼視された。

そして、私立中学受験は、あまり勉強をする気もなく、いじめによるものからか勉強に集中出来ず、また私立中学一校しか受けさせてもらえず、失敗した。

鉄太郎は、中学受験に失敗して、区立中学に入ると、今度は勉強を頑張るのだ、という意気込みで勉強に励んだ。小学校の時とは違い、一生懸命に勉強に打ち込んだ。

その甲斐あって、クラスで一番の成績。そして、学年で二番の成績を取り、鉄太郎は完全にコンプレックスを拭い去った。

しかし、それで、有頂天になりいい気になっていると、また今度は、クラスで、点取り虫だ、と無視され、なにか余程悪い事をした感じになった。

しかし、そんな時、功と言うクラスメイトだけが相手をしてくれていた。だが、体育会系の功は、鉄太郎にプロレスごっこを仕掛け、鉄太郎は嫌がり、一寸したきっかけで喧嘩になり、未熟な身体の鉄太郎では、負かされて、彼は泣き出した。

そして、授業中でも泣いていたが、勉強は生徒の義務だと思い、泣きながら先生の問題提起に答えていた。

功は、基本的に悪くなく、鉄太郎の方が功のプロレスごっこの相手になるのは嫌だ、そう言えば済むのに、鉄太郎がむきになり、喧嘩になっただけの事であった。

その後、校内暴力が始まる時代で、その功と清と言うクラスメイトは、担任の教師が、勉強をしろ、勉強をしろ、担任の言う事を聞けと、クラスで恥をかかされた上殴られ、非行少年になって行った。この事は、生徒の気持ちや心をつかめない、まだ若い教師にも結構問題があったというものだった。

そして、この中学生の時代、鉄太郎は、家では、母親に、塾にも行かされ徹底的に勉強させられ、勉強漬けであった。

ところが、中学二年になった頃、校内暴力が湧いて出て来て、点取り虫で弱いと思われていた鉄太郎は、中一の後輩から馬鹿にされ、なめられた。今度は、身体も出来上がってきていて、プライドと言うものもあり、その喧嘩の強い中一に頭に来て殴り倒した。そして、倒れても倒れても殴り、中二の番長が止めに入り、その場は収まった。

また、クラスでも鉄太郎に喧嘩を売る者がいたが、約二名殴り返して、そして却って仲が良くなった。

しかし、思春期特有の問題で、早熟な美少女に、「気持ち悪い」と、言われショックを受けた。

これには、さすがに鉄太郎は参り、女性不信に陥った。

ところで、家では、弟、鉄次郎が中学受験で滑り止めだが受かり、東京に週一日来ていた父親和彦と、母親伸子と、滅多に外食などしない家だったのだが、珍しく一家団欒で焼き肉店に行って、祝杯をあげた。

そのような、色々と多感な中学生の時代、鉄太郎は高校受験に向けて、周りの事で落ち込む事はあっても、気にせず必死に勉強をしていた。毎日深夜になっても、親に言われた様に勉強をしていた。

だが、弟鉄次郎は私立中学一年で、性の目覚めがあり、鉄太郎が息抜きで見ていたポルノ雑誌を盗んで読み耽り、鉄太郎としては弟鉄次郎に、恥ずかしくも嫌悪して、やり切れなかった。そしてそれまではそれ程は兄弟仲は悪くなかったのに、鉄太郎はまるで自分の女を寝取られた様な気持ちになり、弟を理解出来なくなり、鉄拳制裁を鉄次郎にした。

しかし、鉄太郎はそれでも前向きに受験勉強をした。

ところがある日、週一で東京に来ていた父親和彦が信濃町の家、鉄太郎の学生鞄を何気なく見て、隠し持っていたポルノ雑誌を見つけ、父親母親の家庭争議になり、鉄太郎は、血の気が引き、顔面蒼白になった。

弟鉄次郎は、鉄拳制裁していたもので、小癪にも、

「ざまあみろ」

と言い、家中が混乱に陥った。

そして、鉄太郎は高校受験に打ち込む事もできなくなった。

その結果、見事志望校の私学に敗れ、都立の一番良い高校に入る学力と内申点はあったが受けず、落ちて他の滑り止めの私学に入ることになってくれと願うばかりの、都立の二番目に良い、滑り止めに行く事になって、何の為に中学時代遮二無二勉強して来たか分からなくなった。

そしてその結果、家の中は、まるでお葬式の様になった。


そして、鉄太郎は滑り止めの高校に行く様になるが、毎日が嫌で嫌で仕方

なく、苦痛であった。

勉強も部活も何もする気が起こらず、苦痛で、また、学校もクラスも学年も皆、大学受験に向けて、まるで、機械的な予備校の様に思え、鉄太郎としては勉強に身が入らず、いつもテストで赤点を取り、母親が呼び出され、母親の問責はひどかった。

そして、母親は、勉強しろ勉強しろと鉄太郎に強迫的に言い続け、鉄太郎が自分の机の中に隠し持っていた、息抜きのポルノ雑誌は全部取り上げられ、レコードすら買って貰えず、勉強、勉強で、何の為に毎日生きているのか分からなくなり、音を上げた。

そして、鉄太郎は、今度は、中学の時のクラスメイトの清の処に行き、子供の頃は悪くても、真面目な生徒で優等生的な生徒であったはずの鉄太郎は、ぐれて不良グループの仲間に入った。

先ず、酒、煙草を覚え、そして、人として絶対してはならない恥ずかしい自分を卑しめる行為である万引き等の犯罪行為に染まって行った。そして、家では本を買うくらいの小遣いしか貰っていなかった鉄太郎は、万引き等犯罪行為で、段々と金銭の価値が分からなくなって行き、家での騒乱、学校に通う事の苦痛、身の置き場がなくなり、徐々に混乱しておかしくなり弱って行った。

「勉強しなさい！　勉強を！　寝ないで勉強しなさい！　早稲田大学、慶應大学に入らないのは人間じゃないの！　勉強しなさい！」と、大学受験をする時期になって来ると、学業に身が入らず成績が上がらない鉄太郎を追い詰めて、母親伸子は鉄太郎に鬼の様に厳しく言い放った。教育とは教え育むものであるが、それとは全く違う、学歴偏重の、狂った学歴至上主義がひかれていた。

そして、鉄太郎は別に反抗や抵抗も出来ず、徐々におかしくなり弱って行った。

そして、とうとう、高三の秋、鉄太郎は高校に行かなくなり、床に臥せ、御飯も食べずに自室に閉じこもった。

母親の伸子はさすがにこの鉄太郎の閉じこもりには、自責の念があったのか、心配して近所のお寿司屋に鉄太郎を連れて行き、

「鉄太郎、どうしたの？　お寿司をたんとお食べなさい。悩みがあるの？」

と、鉄太郎に言うが、もうグロッキーの上、ダウンした鉄太郎は、なんの反応も示さず、ただ一口二口寿司をつまむだけであった。

そして、伸子は鉄太郎の様子を高校の担任に相談し、担任も鉄太郎が登校して来ないので心配して、二人は、

「鉄太郎は多分、統合失調症なのだと思う」

となり、父親和彦も会社に息子が病気になった、と言って、東京に転勤願

いを出し、東京に来た。

仲子と和彦は、

「統合失調症であったら、治らないのではないか？」

と話し合うが、仲子は鉄太郎の事を世田谷にある国立病院の精神科の医者に相談しに行き、薬物を貰い鉄太郎に飲む様に言った。鉄太郎自身も医学事典などを読んで、自分自身が統合失調症になり、不治の病である、もう既に自分の人生は終わっている、と深刻になっており、薬くらいでは治らない、と思い詰めて、拒薬した。

母親の仲子が精神科医に相談してから、一カ月くらい経って、鉄太郎は、仕方なく薬を飲んだ。

すると、自閉が少し改善され、御飯を大量に食べる様になった。しかし、登校拒否はまだ続き、高校に通えなかった。

それで、和彦と仲子は、鉄太郎を、新宿の高名な権威ある医者のクリニックに入院させる様にした。

鉄太郎は、とうとう自分は精神病院か？　と思い絶望したが、新宿にある単なるクリニックと言う話も手伝い、入院した。

そのクリニックの病棟には、昼間から働いていない精神病患者がいて、鉄太郎はさすがにそこのクリニックが怖くなった。

しかし、家族との、父親母親弟との距離が取れ、また、権威ある医者の、抗鬱剤の多量投与によって、鉄太郎は高校に通う事が出来始め、単位が取れ高校は卒業出来た。

だが、それから、また鉄太郎の新たな苦しみが始まった。

精神科通院と言う社会的負い目、引け目があり、コンプレックスの塊になった。

高校はやっと卒業して新宿のクリニックは退院したものの、無気力、腑抜けな鉄太郎は、大学受験をする様でも何でもなく、予備校には籍は置くものの、通わず、毎日テレビなどを観て怠惰で放漫な生活を送っていた。

ただ、新宿にあるクリニックの精神科医の所には二週に一回通い、薬物療法で精神状態は比較的安定していた。しかし、鉄太郎としては、話を聴いてくれる、つまりカウンセリングをしてくれる精神科医が良いと思い、初めて受診した世田谷の国立病院の医者に我儘を言って通い始めた。

そして、内向的な鉄太郎は浪人中で精神科受診している身で、何か非常に悪い事をしている気持ちがあり、高校時代のクラスメイトの伝手を頼って、民間の登山のクラブに入った。

そして、山の縦走、沢登りなどをしたが、常にクラブのみんなの足手まといで、顰蹙を買い、鉄太郎としては戸惑った。

ところで、世田谷の国立病院の羽田と言う哲学者然とした人格者の、六十歳少し前の満州出身の精神科医は、新宿のクリニックで鉄太郎が、処方され服薬していた薬を見せると、

「こんな多量の薬量は駄目だ！　君は軽い風邪にかかったと思い、根性で治すのだ！」

と、厳しく言い放ち、減薬して、カウンセリングらしき事はするが、常に説教で、鉄太郎としても、信じる者、頼る者はその羽田と言う精神科医しかいなく、困惑して悩んだ。


そして、彼は浪人していて、また大学受験をするが、受けた大学に全て落ち、鉄太郎は二浪する事が決まった。

そして、何気なく中野の名画座で観た、映画『カッコーの巣の上で』で、

主人公があまりにも可哀そうに見えて、また自分も精神科に通う身の上で、映画の主人公と自分を照らし合わすようになった。

そして登山のクラブの清楚で美しい女学生を、ただ、映画に純粋に誘い、良い返事を貰った。それまでは、弟に暴力を振るっても、精神科に通う世間的引け目から、親に対する何の暴力も無かった鉄太郎の感情に火がつき、爆発し、

「俺は病気じゃない、精神病じゃない！」

と、興奮し始め、家にあった、父方のお爺さんに幼い頃買って貰った五月人形を始めに高価な食器、茶道具などを叩き割り、最後は、登山ナイフを持ち、納戸に立て籠もった。

すると、心配し、思いあぐねた鉄太郎の両親、和彦と伸子は、納戸をこじ開け、鉄太郎が登山ナイフを持ち、納戸の壁にナイフを突き刺しているのを見つけ、

「危ない、鉄太郎！」

と、伸子が鉄太郎の持っていたナイフを取り上げようとして、逆に鉄太郎

を刺激して、興奮した鉄太郎は、母親伸子の右手人差し指に、ナイフを刺し傷つけた。

そして、興奮している鉄太郎に、父親和彦は、

「刺すなら刺せ！」

と、鉄太郎を面罵した。

しかし、鉄太郎はいくら興奮していたとしても、それは出来ず、ナイフを壁に突き刺し、却って鉄太郎の右手小指に傷をつけ、伸子の血と共に、納戸の辺りは、血の赤一色で染められた。

そして、冷静さを取り戻した母伸子は、

「この子は興奮しているから！」

と、父親和彦を言いなだめ、鉄太郎に、持って来たタオルを渡し、その場を取り成した。

春が訪れ始め、東京都心は日毎に暖かくなって来て、春分の日も過ぎ、桜の花もほころび始めてきたが、近年稀に見るみぞれまじりの大雪の日の、木の芽時であった。

初稿　二〇一八年三月
完稿　二〇一九年五月

事件

「今晩は、ＫＨＫテレビ、イブニングニュースです。キャスターの中野絵美子です。今日二月一日、午後三時頃、東京都武蔵野市ＪＲ吉祥寺駅で、無職山田弘さん五十一歳が駅の階段を上る途中、転倒し頭を強く打ち、救急車で病院に搬送されましたが、意識不明の重体に陥っているそうです。中継がながっています。現場の前田さん」

「はい。前田です。山田さんは、ご家族によると、新宿に行くと言って出かけた所だったそうです。警察では、目撃者によると、何者かに階段を上る途中突き飛ばされ転倒した、と言う事で、事件性が強く、事件事故の両面から捜査しているもようです。なお、駅の防犯カメラは修理中で作動しておらず、山田さんが転倒した所は映っていませんでした。以上、吉祥寺駅より、前田頼子がお伝えしました」

「前田さん、ありがとうございました。それでは次のニュースです……」

　所変わり深夜十一時頃、武蔵野市の武蔵野北病院では、意識不明の山田弘に向かって、

「弘！　何でこんな目に遭うの？　母さん、あんた、面倒見きれないよ！」

と、弘の育ての親で継母の千恵子八十歳が、泣きじゃくっていた。

「弘、父さんも死んで、あんたが働かなくなり、守るものあんただけなのよ！　どうしてこんな目に？」

弘は、幼い頃実母に死なれ、父親が生活の面倒をみてもらうために後妻をもらい、継母千恵子に育てられたのであった。それも、幼い弘に愛情をそそぎ育てるため、千恵子は弘の父親との間に子供は作らなかったのだ。

父親は十年前に亡くなっており、弘も、中学校の教師をしていたが、校長との軋轢があり、すったもんだの末教職を辞め、今は退職金を取り崩しながら年金と継母の年金で、倹しい暮らしをしていた。

「お母様、集中治療をしたのですが、駄目です。今は植物人間と同じです。延命しても、意識が戻る可能性は三十パーセントです。尊厳死も考えられます。如何しましょう？」

と、五十代の外科医は、泣きじゃくっている弘の継母千恵子に心を寄りそわせる様に言った。

「いえ、家を売ってでもこの子のために、延命して、三十パーセントの可能性に賭けます」

高齢者の千恵子は、涙ながらに、外科医に言った。

「山田さん、警察の方が来ております」

と、病院の廊下から女性看護師が、弘の母親にそっと静かにそう告げた。

「井の頭署の押田です。山田弘さんのお母様ですね。この度の事件は残念な事です。お気持ちお察しします。ところで、このような時お伺いするのも申し訳ないのですが、警察では事件、事故の両面から捜査しております。山田さんがＪＲの駅で転倒した時、目撃者の四十代の主婦による、何者かに山田さんが突き飛ばされて、転倒した、と言う証言があるのです。これは、通り魔的犯行か、また、山田さんに恨みを持つ者が及んだ事件か、と調べている最中なのですが、お母様、弘さんに恨みを持つ者でもいましたか？」

今年五十一歳になるノンキャリアで警察組織を丹念に這い上がって来て、去年警部補に昇進した、身長百七十五センチはある、柔道で鍛え抜かれた引き締まった体躯の押田警部補が、事情を訊いた。

「あの子、そういえば、ある男にたかられていたのですよ。私も何故なのかは知らないけど」

はっとしたように弘の母親は答えた。

「ええっ、それは誰ですか？」

目を見開き、押田は訊いた。

「何年か前、いきなり家に電話をかけてきて、息子を遊びに誘って来て、吉祥寺のレストランや喫茶店で、弘は、人に奢るのが好きで随分奢っていた様なのですよ。それで味を占められて、随分たかられて、家の息子もお金がそうあるものじゃないので、断った様なのですよ」

と、母親は溜め息をつくと、押田は、

「それは、何処の誰です？」

「何だか昔の知り合いらしいのですけど、能登という弘より十五歳離れた、確か三十六歳くらいの西荻窪に住む若い男なのですよ」

押田はメモにとりながら、

「何か恨みでも？」

「いえ、それは私にはわからないけど、息子も学校の先生を辞めてから、孤独だったみたいで、初めその男と会って楽しかったみたいです。その男も、肉体労働やガードマンをしていて、生活も苦しかったらしくて、家も何だか家賃三万円くらいらしかったので、息子が随分奢っていたのに、味を占めてたかっていたらしいのです」

「そうですか。西荻窪に住む、能登という男ですね」

押田警部補は、病院の廊下で、山田弘の母親より事情を聴き、宙に目をやって睨んだ。

事件の翌日の朝九時過ぎ、

「もしもし、こちら井の頭署の押田ですけれども、地域課の方お願いします」

と、押田警部補は、西荻署に電話をかけた。

「はい。地域課ですね」

と、電話交換の巡査は電話をまわした。

「はい。地域課の斉藤ですが」

「私は、井の頭署の押田と言う者ですけれども。そちら西荻管内に住む、能登と言う三十六歳くらいの男についてなのですが」

「能登？　ああっ、能登鉄太郎ですね。あいつは精神障害でブラックリストに載っていますよ。ただ、今は何も犯罪はしていないですし、マークはしていませんよ」

「それで、何故ブラックリストに載っているのですか？」

と、押田は、やはりと思いながら斉藤警部補に訊いた。

「いえ、奴は茨城県出身で、大学受験の折、親の過大なる期待に応えられず、十七年前、浪人生の時か何かの時、登山ナイフで、母親の指を怪我させ麻痺させる傷害事件を起こしていて、その時は、母親が能登の将来を思ってか、我慢をして、家から犯罪者を出すのは駄目だ、として、事件なのですが親告せず、事件化されなかったと、茨城県警からは聞いています」

「えっ、それで、奴は今どうしているのですか？」

と、押田は訊いた。

「茨城から東京に出て来て大学に進学し卒業して、就職して、三年勤めた会社を辞め、転々と職を変え、今は、肉体労働などをしながら、入ってくるお金を殆どパチンコなどに使う遊興三昧の生活をおくっているようですよ」

「ああ、そうですか」

と、押田は頷いた。


押田は、井の頭署の二階にある刑事課で、電話で、能登と言う男の事を聴き、自分でお茶を淹れデスクに座り、考え込んだ。

「そうか、能登鉄太郎と言う奴はマル精で、十七年前に傷害事件を引き起こしていたのだな。そして、捕まる事なく東京に出て来て、大学まで出て、反省もせず、今じゃ遊び人か。悪い奴だ」

そう考え込んでいる押田警部補に、

「警部補、お茶入れ替えますよ」

と、まだ二十代の笑顔が愛くるしい婦人警官の里野が、押田のお茶を入れ替えた。

「ありがとう。でもねぇ、里ちゃん、この事件どうしたら良いのだろうね？」

「警部補、もう既にどうするべきか答えは出ているのでしょ」

「いや、この事件は重く大変な気がする」


お茶を飲んだ後、押田警部補は覆面パトカーで西荻署に向かった。

冬の晴れた午前中の空の下、空いている井の頭通りを進み吉祥寺通りを行き、青梅街道に入り、おおよそ三十分で西荻署に着いた。

「井の頭署の押田です。地域課の斉藤警部補はおられますか？」

と、受付に尋ねると、

「エレベーターで三階に上り、北側です」

「ああっ、押田警部補ですね」

と、初老で小柄な斉藤警部補が挨拶した。

「それで、能登を任意で調べたいと思うのですが」

と、押田警部補。

「そうですか？　でも、今、奴は多分、何も悪い事はしていないと思うのですが」

斉藤警部補は怪訝そうに応えるが、

「人権上の問題はない。それではとりあえず容疑者としてではなく、参考人として能登を調べる線で行こうと思うのですが」

押田は言った。

「それでは、刑事課の宗方警部補と同行されれば良いでしょう」

そして、押田は刑事課に行き、中肉中背の五十五歳くらいになる宗方警部補と顔を合わせ、打ち合わせをし、能登鉄太郎をしょっ引く段取りを組んだ。

その頃、肉体労働で鍛え上げられたがっちりした体躯で、身長百七十二センチくらいの能登鉄太郎は、仕事を休み、朝から並び、先週の負けた分を取り返そうと吉祥寺のパチンコ屋にいた。

黙々と台に座る事三時間、一時は出たが、もっと出そうと欲をかいて、ドル箱三箱は見る間に飲み込まれ、また、二、三万投入するが、それも飲み込まれ、おけらになり、ぐったりとした。吉祥寺から西荻窪までの電車賃百四十円と、煙草半箱分くらいとガムしか持っておらず、安物のダウンジャケットでは、冬の空気が鉄太郎の骨の髄まで沁みた。

そして、ふらりふらりと、まるでゾンビの様になり、吉祥寺駅のホームに立ち、ありを金を無くして、入って来る電車に飛び込むのではないか、という様子になり、高尾方面行きの電車を待っている真向かいのホームの人達も、鉄太郎の様子に気づき、興味津々で見ていた。

だが、鉄太郎は、入って来た総武線千葉行きに乗り、昼の二時過ぎの殆ど誰も乗らないすいた車内で、ガムを噛み、西荻窪駅に着き、自分のアパートへと戻って行った。

恨み節であった。

その翌日午前五時頃、鉄太郎は、日雇いの仕事に出かけるため、朝五時に起き、六畳間とキッチンのみの部屋で、冷蔵庫から牛乳とソーセージとパンを出して食べていた。

その最中に、押田警部補と宗方警部補が、鉄太郎の住むアパートに訪れた。

「能登さん、能登さん」

と、まだ朝のため、押田は静かにアパートの玄関の木造りの戸を叩いた。

「何ですか?」

と、鉄太郎は昨日パチンコで負けて心身共に疲れても、仕事に行かなくては、と弱っていた所、誰かと思い、戸を開けた。

押田に警察手帳を見せられ、

「能登さん、井の頭署の押田と西荻署の宗方です。少し伺いたい事があるのですが、西荻署まで、ご同行願えますか？」

「ええっ、何？　ふざけるんじゃないよ、今、俺は仕事に行かなくちゃならないの！」

「お知り合いの山田弘さんが吉祥寺駅の階段で転倒して、意識不明の重体に陥っているのをご存じですよね？」

「ああ、それはテレビのニュースで報道していたからね」

と、低い声で鉄太郎は言った。

「その件で、参考人として、いえっ、任意同行とは言いません。あくまでも参考人としてです。それで、西荻署でお話を伺いたいのですが」

と、押田警部補は、袋小路まで鉄太郎を追い詰める様に、少し大きく言葉を発した。

「ふざけるな！　馬鹿野郎！　お巡りだか、警察だか、何だか知らないけれど朝からなんだって言うんだよ？　法務局人権擁護委員に何でも言うからな！」

と、興奮して言うと、

「能登さん、以前の茨城のご実家での事もありますから」

と、押田はとどめを刺した。


そして、能登鉄太郎は、参考人と言うが、殆ど犯人として任意同行させられた。


「だから、俺は知らない、やっていない。何度も言っているじゃないか！」

西荻署で、能登鉄太郎は参考人として、いや殆ど犯人として連行され、取調室で押田警部補の厳しい取り調べが始まった。

「でも、能登さん、あなたは、十七年前ご実家のお母さんの指に傷をつけましたでしょ。調べは茨城県警水戸三の丸署からあがっているのだよ！　そして、ご実家ではその事件の事をひた隠しにして、事件化されなかった。あなたは、そこで、医療少年刑務所に行くところだったのですよ。そして、上京して大学まで行かせてもらい、遊興三昧。あんたは、何を考えているのだよ！

そして、何故山田さんにたかった？

吐いちゃいな、すっきりするから、吐いちゃいな、楽になるから。お巡りさんはあんたの味方、裁判所でも悪いようにしないから」

と、落としの押田が言った。

それから、詰問が続くが鉄太郎は「無実」と言い張り、数時間して昼になり、取調室に弁当が運ばれ、鉄太郎は厳しい取り調べで疲れていたのか、むさぼった。

そして、昼が終わり、また押田と宗方が鉄太郎の取り調べに入った。

「さぁ、能登さん、全部吐いちゃいな！　楽になるよ！　大体、あんたは本当は傷害事件で刑務所に入っているはずなのだよ！　分かっているのか？　能登さん！　お巡りさんを信用して、全部吐いちゃいな！　裁判では、あなたの味方になるからさぁ」

厳しい取り調べが続く中、

「宗方警部補、電話です」

と、事務方から知らせがあった。

「押田警部補、ちょっと失礼」

と、電話を受け取りに行った。

そして、戻った宗方は押田に耳打ちした。

「能登！　山田弘さんが、亡くなったよ。お前、傷害罪から傷害致死罪に変わるのだよ！　えっ、分かっているのか？　この阿呆！」

それを聞き観念したのか、

「やった、やった、俺が山田さんを突き飛ばしたのだよ。俺が犯人だよ！　もういい、死刑でも何でもしてくれ！　俺の人生は、随分前に終わっているのだ。死刑でも何でもしてくれ！　早く死にたいよ！」

と、鉄太郎は涙を流し絶叫した。

＊　＊　＊

「能登鉄太郎さん、私はあなたのご実家のお母様に頼まれて、あなたを弁護する弁護士の成田です。何でも話して下さい。あなたの味方です。全て隠さず何でも話して下さい。あなたを擁護します」

留置所の接見の面会室で、成田と言う六十近い、頭が禿げ上がり白い顎鬚をはやした、まるで哲学者の様で幅のある弁護士は鉄太郎に話した。

「いいです。もう俺は死にたいのです。俺なんか生きる資格もないし、死刑でもなんでも良いのです」

と、鉄太郎は投げやりに言い放ち、しょぼくれた。

「お母様の指の傷の事は聞いております。大変な事件とは聞いております。

あなたは、浪人中、地元水戸の青年山岳隊に入り、そこで清楚な二つ年下の女子学生に惹かれ映画に誘い、それで良い返事をもらい、それで、興奮状態に陥った。あなたはただ壁に向かって、人にではなく、壁に向かって登山ナイフを刺していたのを、お母様が危険な事に取り上げようとして、偶然事故が起きた」

「いえ、わたしは、母親にナイフを取り上げられそうになって、頭に来て、それで刺したのです」

と、鉄太郎は投げやりに言った。

「…………」

成田弁護士は押し黙った。

「俺は頭がおかしいのだ！　気が狂っているのだ。俺はこの世にいちゃいけない存在なのだ！　死刑にされて当然なのだ」

鉄太郎は、いかつい体を震わせながら涙を流し言った。

「当時、あなたは精神科に通われていますね。その精神科の医者にあなたは何度も相談されていて、悩みぬいていましたね。当時の医者はあなたへの薬量が少な過ぎ、あなたへの診察の仕方が間違いで、その事を学会発表しています。その事はその精神科医にも聞いております。

お母様の指を怪我させた事は如何なる観点に立っても罪は罪です。

しかし、あなたは、気の毒だ。それも理解して、今回の事も救いたいのです」

と、成田は鉄太郎に言った。

「あなたは、事件当時午後三時ごろ、何処にいたのです？」

鉄太郎は絶句した。

「あなたは、その様な事件を起こす人ではない。それは、私は分かっている。その事件の時、何処にいたのです？」

と、人間不信の鉄太郎を信頼させる様に言った。

「俺はもういい。死刑でも何でも受ければいいのだ」

と、鉄太郎は叫んだ。

「今晩は、ＫＨＫテレビ、イブニングニュースです。キャスターの中野絵美子です。先日ＪＲ吉祥寺駅で、無職の男性五十一歳が駅の階段で突き飛ばされた事件で、その男性は搬送先の病院で死亡し、井の頭署と西荻署の合同捜査本部は傷害致死と事件を切り返し、重要参考人として呼ばれた能登鉄太郎容疑者三十六歳が、捜査本部において自供をし、容疑者は書類送検されたと言う事です。

この男は、調べによりますと、十七年前、実家の茨城県水戸市で、母親の指を登山ナイフで傷つけ麻痺させたという事件を起こした犯罪事実が浮かび上がってきました。そして、精神科入院歴があるとの事です」

と、鉄太郎の写真がテレビの画像に映し出された。

所変わり、東京地裁において、起訴された能登鉄太郎の公判が始まった。

六十歳前の重々しく厳粛で黒縁眼鏡をかけた裁判長は、被告の能登鉄太郎の人定質問を行った。

「被告は、能登鉄太郎、昭和五十三年十二月二十三日出生、職業日雇い業務等、住所東京都杉並区西荻北八の八の三つつじ荘五号。間違いありませんね」

「はい」

と、鉄太郎はうなだれながら言った。

そして、まだ三十代の銀縁眼鏡をかけた検察官は、能登鉄太郎の警察による自供を元に起訴状朗読を始めた。

「被告人能登鉄太郎は捜査機関に、山田弘さんを今年二月一日JR吉祥寺駅において、個人的な恨みにおいて突き飛ばした、と、自供しております。さるところ十五年前、被告が学生の頃、世田谷区にある中央病院精神科病棟に入院しており、その病棟において他の患者に聞こえる様に、医者から被告が統合失調症だと言われ、そして他の入院患者に差別され、ショックのあまり被告は退院後、薬物において自殺未遂をして、中央病院に救急搬送された。

そして、同じく入院していて、当時中学教師を休職していた山田弘さんはそれに同情して、被告の二度目の退院と山田弘さんの退院の後、被告を自分の家に宿泊させたり、御飯をご馳走したりしていた。

また、被告が何度かにわたる入院で女性患者と戯れ遊ぶ事に、業を煮やした医者は守秘義務を破り、被告が茨城の実家において傷害事件を起こした事、また、子供時分より盗癖があり、高校に入ると不良仲間が出来、万引き等あるまじき非行行為をしていた事、それ等被告のプライバシーを他の患者にばら撒いた。そして新たなる差別が始まった。また被告は、看護師の四十分以上にわたるリンチを受けて悩んで、自主退院をして、その後必死になって大学の単位取得をして、ようやく卒業出来、景気の波で就職先も決まったと言う事です。

その被告のプライバシーを他の患者から聞いて知っていた山田さんが、誰にも言わないから就職先を教えてくれと言い、被告は山田さんが教職と言う聖職についているから信用出来ると思い込み、また以前一宿一飯の恩義があったので、山田弘さんを信用して就職先を話した。また今度は、山田さんは入院して、被告の就職先を他の患者にしゃべり、他の病気の重い患者が妬んで被告の就職先の会社の人事にプライバシーを垂れこむ。そういった経緯があり、山田さんに、被告は騙されたと思い、だから人生がうまく行かない、と、山田さんを恨むようになり、色々とたかり、あげくはＪＲ吉祥寺駅において今年二月一日午後三時頃、山田弘さんを突き飛ばした、と、自供しております。

よって、過去の判例を鑑みて、被告に怨恨による傷害致死事件を起こしたとして人命を軽んずる身勝手で卑劣で自己中心的な犯行として、十二年の懲役を言い渡すのが、妥当だと言えます」

裁判長は、

「被告は黙秘権がある事を言い述べます」

成田弁護士は、検察の一方的な事に頭に来て情熱的に、

「裁判長、検察官の述べた事は捏造です。捜査機関と検察により被告が強制的にありもしない事を自白させられた、嘘の事実です」

「被告人」

と、裁判長は訝しがりながら能登鉄太郎に言うと、

「…………」

鉄太郎は力つきた様に押し黙った。

検察官は、

「ここに、証人がいます。事件を目撃した、武蔵野市に住む鈴木美栄子さんです」

「証人の方はどうぞ。虚偽の証言をすると偽証罪になるので、どうぞ」

証人の分厚いレンズの眼鏡をかけた四十過ぎの主婦は、

「ええっ、偽証罪って何なのですか？」

裁判長は、

「嘘の証言をした場合、三カ月以上十年以下の懲役が科せられるという事です」

「ええっ、いえ、よく覚えていないのですが、混乱して私もあの日慌てていて、私立小学校に通う息子が同級生のお金を盗んだって、私が担任の先生に

呼び出されていて、気が動転していたので、よく分かりません。よく覚えていません」

一方、成田弁護士は、

「裁判長、ここに被告を弁護する証人がいます」

「では、証人の方どうぞ」

「はい。あたしは、吉祥寺のアバンチュールと言うお店で働いているのですが、あたしもここに出て来るのは恥ずかしいのですけど、このお兄さんの事がテレビのニュースでやっていて、顔も映っていて、事件を起こしたって報道していたので。その日の二月一日午後三時頃は、お店で、あたしがこのお兄さんの相手をしていて、確かに事件の時間には吉祥寺にいたかもしれないけど、あたしが相手をしていたの。

あたしの家は、父親と母親が離婚して、お婆ちゃんとあたしだけが一緒に暮らしていて、お婆ちゃんの年金だけでは暮らしていけないし、お婆ちゃんに楽をさせたいから、お店で働く様になったの。

このお兄さんは、いつもあたしを指名してくれて、貧乏なあたしの家を気にしてくれた。この人そんなに悪くない。それに事件を起こしていない。その時あたしといた」

と、ピンクサロンで働く「ひかる」と言う源氏名を持った本名前野淳子、二十三歳にしては少し幼く見える女性が被告のアリバイを証言した。

そして、成田弁護士はまた証人を出廷させた。

「私は、亡くなった山田さんがデイケアで通っていた武蔵野市の精神病院の看護師の富田健二と言います。山田さんに、ここ何週間も精神的に疲れて昼間から睡眠薬を服薬している、と相談を受けていました。昼間それで出歩いている様でしたので、それは駄目だ、危険だ、といっていたのも聞き入れなかったので……。多分その日も睡眠薬を飲んで良い気分になって出歩いて、危険な状態にあったのだと思います」

そして、また証人を出廷させた。

「私は武蔵野市に住んでいる大学三年生です。小川守と言うものです。その日二月一日午後三時頃、新宿で初めて出来た彼女と会う約束があって、ＪＲ吉祥寺駅から行く所だったのですが、待ち合わせの時間に間に合うかどうか急いでいたので、その亡くなった人のことどころじゃなかったのですが、その人、誰にも突き飛ばされなくて、自分で駅の階段を上る時、ふらふらして、自分で階段を転んだのですよ。犯人は誰でもないのです。

私は、テレビのニュースで被告の方が起こした事件と報道されているから、びっくりしておかしいと思いここに来たのです」

そして、被告人席にいる鉄太郎は僅かなため息をもらした。

成田弁護士は、

「以上、三人の勇気があり善意ある証人から、能登鉄太郎さんの無実が証明され、山田弘さんは、その事件の当日昼間から睡眠薬を服薬して、ふらふらし、吉祥寺の駅において自分で階段から転げ落ち負傷して、そして残念な事ですが、お亡くなりになったという状況が証明されました。

よって、今回の事件は、事故であり、事件ではなかったのです」

と、熱を帯びて話し、鉄太郎の無実を訴えた。

裁判長は、

「検察官は何か言う事はありますか？」

「…………。ありません」

と、検察官は息苦しい様に押し黙った。

そして、裁判長はこう述べた。

「今回の事件で被告能登鉄太郎さんの起こした事件ではない事が、はっきりしまして、無罪を言い渡すのではありますが、能登さんが十七年前に起こした事件、これはまた事件なのですが、今回社会に明るみに出て、そして、強い社会的制裁を受けました。そして、能登鉄太郎さんは、その罪を一生背負って行かなくてはならないのは、自明の理であります。その罪を償うのは大変重大だ。また、内面の自由、個人の道徳的身上に触れる様かも知れませんが、生き直すのですよ」

と、温かくも厳しい言葉を鉄太郎に、訓告した。

鉄太郎は、全身全霊をもってその言葉を受け止め、

「はいっ」

と言い静かに嗚咽した。

「そして、反省というものをし、今までの享楽的歓楽的刹那的な、やけな遊

興三昧な生活は止め、そして、人を怨むのではなくそういう心でいる自分自身を憎むのです。少しでも社会に役立つ、貢献できるような生活に改めるしかありません。それが、言わばあなたへのあなた自身への救済とも思われます。以上です。閉廷します」

そして、次の日、井の頭署では、押田警部補が感慨深そうに、また元気なさそうに、

「やはり、今回の事件は重く大変だったのだな。参ったな。しかし、我々の職権濫用で捜査の行き過ぎだったのか。堪らないな。また込山警部に始末書を書かないと……」

と、ぼやくと、婦人警官の里野は押田にお茶を淹れながら、

「警部補、元気出して！」

と、励ました。

「ああっ、里ちゃん」

と、まだ春には遠い二月の寒さの中、職務室に僅かに入って来る日差しを受けながら、押田警部補は言った。

＊　＊　＊

一方、鉄太郎は、ＪＲ西荻窪から上野駅まで行き、常磐線に乗り何年ぶりかの帰郷をしようとしていた。各駅停車で。

それまでの自分の人生が何であったのか……？　それをよく考え、内省し、反省するかのように、各駅停車の椅子に揺られ、ゆっくりと、全てを、自分の過ちを見つめた。許されるはずのない己の罪だが、それでも、懺悔をするつもりで、贖罪とは何なのか、償いとは何なのか？　と悩み苦しみながら、親許に、鉄太郎は実家へと、電車に揺られゆっくりと帰って行った。

この物語は、フィクションであり、登場人物や団体名は、全て架空のものです。

初稿　二〇一五年三月
完稿　二〇一九年四月

この短編小説は、『氷点』の映画版（ＤＶＤ）に非常に似通っている部分がありますが、私はその映画を観る前に、この短編を書き記したものであり、たまたまの偶然の結果であり、私も似通った部分を改めないでおきます。

TTS文庫

能登　鉄太郎（のと　てつたろう）

1962年12月25日生まれ

【著書】

『祈り』新風舎（1982年10月執筆、2005年12月25日発行）

弘の涙

2019年10月25日　初版第1刷発行

著　者　能登鉄太郎

発行者　中 田 典 昭

発行所　東京図書出版

発売元　株式会社 リフレ出版

〒113-0021　東京都文京区本駒込 3-10-4

電話（03）3823-9171　FAX 0120-41-8080

印　刷　株式会社 ブレイン

ISBN978-4-86641-280-1 C0193

Printed in Japan 2019

落丁・乱丁はお取替えいたします。

ご意見、ご感想をお寄せ下さい。

［宛先］〒113-0021　東京都文京区本駒込 3-10-4

東京図書出版